Mme F. MÉAULLE

# Comment j'ai pris goût

## aux

# HUITRES

### MONOLOGUE

PRIX : 50 CENTIMES

PARIS

En vente : 16, Rue Taitbout

# Comment j'ai pris goût aux huîtres

Mme F. MÉAULLE

———

# Comment j'ai pris goût

## aux

# HUITRES

MONOLOGUE

◇

PRIX : 50 CENTIMES

PARIS

En vente : 16, Rue Taitbout

CAR je ne les aimais pas, ou, plutôt, je me figurais ne pas les aimer : je n'en avais jamais mangé ! mais c'était une tradition de famille. Mes parents les avaient en horreur — toujours sans en avoir essayé — et nous, les enfants, nous suivions de confiance, et par habitude de soumission. Mon père prétendait que la vue seule de l'animal, avec sa chair glauque et visqueuse, son attitude morne et résignée, lui soulevait l'estomac de dégoût.

J'avais donc vécu mon enfance et ma première jeunesse en me passant d'huîtres...

comme de bien d'autres choses encore, hélas ! A défaut de celles-ci, auxquelles je finissais par ne plus songer, j'avais parfois un soupir de regret en pensant à celle-là, qui eût été plus accessible... Décidément, c'était la grande lacune de mon éducation ! Il est vraiment fâcheux, me disais-je, que je n'aime pas les huîtres, car, si je les aimais, j'en mangerais... et cela me ferait sûrement plaisir !

Je rééditais, comme on voit, l'inepte scie populaire, bien connue : je regrette de ne pas aimer les épinards, car, si je les aimais, j'en mangerais... tandis que je ne peux pas les souffrir !

J'étais à la veille de convoler, en secondes noces, avec un homme, mon mari actuel, parfait de tous points, « *et toute autre chose « que le défunt* », comme dit La Fontaine, dans sa jolie fable de « *La Veuve* ». Ma première union, ennuyeuse autant que malheureuse, m'avait laissée sur mon appétit, et j'étais fermement décidée à mordre, *maintenant*, à toutes les pommes possibles, même

— *surtout !* — aux plus défendues ! Tout incroyable que cela paraisse, je ne connaissais rien de la vie joyeuse, et elle m'apparaissait fort désirable !

Le mari que je m'étais choisi, *moi-même,* cette fois, me semblait absolument apte à m'initier aux ravissants mystères que j'ignorais, et à me décrocher les fruits savoureux et enivrants du beau jardin d'amour. En effet, Roger avait de Paris une expérience qui me pénétrait de respect. De plus, c'était le plus charmant compagnon imaginable, toujours gai, toujours en train, artiste, sachant tout... et spirituel !! C'est rien de le dire ! Je nous voyais très bien perpétrant ensemble les pires folies !

Avec cela, une belle tête expressive, un sourire spécial, très troublant, de la distinction, de l'élégance, une voix chaude et caressante.... Bref, je l'adorais éperduement, déversant à ses pieds tous les trésors de passion accumulés en moi et qui n'avaient jamais trouvé à s'employer.

Nous étions donc fiancés. J'arborais ma bague, une magnifique « *marquise* » de saphirs et brillants, et mon sautoir aux chaînons lourds, symboliques de mon doux servage, avec autant de joie et d'enthousiasme qu'une « *promise* » de vingt ans.

— Ce n'est pas tout ça, ma chérie, me dit Roger. Il faut célébrer nos fiançailles ! Quelque chose de carillonné !... Je sais ! Nous allons dîner au cabaret ! Je vous enlève ! Soyez prête, ce soir, à sept heures tapant !

J'eus un sursaut pudique ! Au cabaret, *moi...* avec *lui... seuls, tous les deux* ? Devant la réalisation palpable de mes rêves dévergondés, j'étais prise de peur, saisie de vertige, et mes vaillantes résolutions s'écroulaient à plat...

Roger devina mon effarouchement et se mit à rire.

— Voyons, ma chérie... Vous, une veuve... et moi, un veuf... aussi ! Vous ne voudriez pourtant pas que nous emmenions nos marmots pour nous surveiller ? Allons !... Un peu de courage ! Puisque nos projets sont déjà connus ! Je vous garantis que c'est tout ce qu'il y a de plus correct !

On ne résistait pas à Roger : il avait un pouvoir de séduction... irrésistible ! Avec les formes les plus exquises, il arrivait à faire faire absolument tout ce qu'il voulait ! Main de fer sous gantelet de velours ! C'est une habitude qu'il a conservée, du reste. Et... chose bizarre ! je ne l'en aime que davantage !

Mais, revenons à nos... huîtres.

Ce premier repas au restaurant, *en cabinet particulier, avec un amoureux,* restera l'un des évènements les plus formidables de mon existence. Je commençai ma toilette dès trois heures de l'après-midi. Je revêtis une robe très réussie et très chic — *mauve,* comme dernier tribut à ma qualité de veuve ! — toute brodée de paillettes et garnie de mousseline de soie et dentelles. Les manches étaient courtes et, au corsage décolleté en carré, j'avais attaché des roses pâles, précieux bouquet que je conserve pieusement dans mon coffret aux chers souvenirs... avec *la date* de cette soirée inoubliable !

Il était encore loin de sept heures, et, déjà, j'étais sous les armes, guettant, fièvreusement de ma fenêtre, tous les véhicules qui passaient... Il me fit attendre, le monstre ! Un des rares défauts de Roger est l'inexactitude... Il est vrai qu'il est si occupé ! Aussi, lui ai-je toujours pardonné ce défaut-là !

Je n'en *bouillais* pas moins, allant et venant, comme un fauve en cage, de mon fauteuil à la fenêtre.... Et je commençais à avoir très chaud. Je m'étais persuadée que je devais être *voilée* pour cette terrible escapade, et aucune puissance humaine ne m'en eût fait démordre ! Aussi, avec ma mantille m'enveloppant consciencieusement la tête et le cou dans l'immense col médicis de ma sortie de bal, ma température montait, montait....

Enfin, vers huit heures moins dix, une voiture, menée bride abattue, s'arrête à ma porte.... Quelqu'un s'élance.... C'est lui ! Je cours à l'antichambre, j'ouvre... Il appa-

raît, superbe dans sa longue pelisse doublée
de loutre, découvrant le plastron immaculé
et la cravate blanche de cérémonie... Un par-
fum délicat, ambre et excellent cigare combi-
nés avec l'œillet de la boutonnière, sature
l'air, autour de nous... Oui, il est beau, il est
rayonnant et... très dégagé, ma foi !

— Je crois que je suis en retard? inter-
roge-t-il, en souriant innocemment.

Je réponds :

— Un peu...

Mais, j'étais tellement, tellement heureuse
de le voir — enfin ! — que je n'avais pas la
moindre idée de *la faire* à la dignité !

Il reprit :

— Je suis désolé ! Figurez-vous, ma chérie...

Le reste se perdit dans le fouillis de ruches
de mon manteau... Je ne sais si ce fut lui qui
me prit dans ses bras, ou moi — l'affamée !
— qui m'y précipitai, mais j'étais sur son
cœur qui, certes, battait moins tumultueu-
sement que le mien !... Oh ! que sa barbe
était soyeuse et qu'elle sentait bon !

L'équipage était un confortable coupé de cercle, tout embaumé, aussi. Roger, plus en verve que jamais, débitait mille drôleries, baisant mes mains et mes bras nus, et aurait voulu pousser plus haut; mais le bout même de mon nez demeurait invisible sous ma mantille hermétiquement close... Roger s'amusa beaucoup de mes précautions.

— Ma parole ! déclara-t-il, il est impossible de vous reconnaître ainsi ! Quelle petite poltronne vous faites !

— Eh ! vous en discourez à votre aise, vous ! Si notre mariage se rompait? Je serais compromise !

— Compromise? Eh ! mon Dieu ! avez-vous donc envie de rompre? Déjà !

— Non... mais est-ce qu'on sait? Ces choses-là se sont vues ! prononçai-je, sentencieusement.

Ah ! grand Dieu non, je n'avais pas envie de rompre, pas plus que je n'aurais échangé mon sort contre celui de toutes les princesses, reines et impératrices de la création... réunies ! J'éprouvais une ardente et ineffable sensation de félicité, à laquelle se mêlait une très étrange et très piquante saveur, toute nouvelle, de mystère, de perversité et de bonne fortune... pas déplaisante du tout ! — au contraire !

Lorsque, quelques minutes plus tard, nous nous trouvâmes assis, tout près l'un de l'autre, — car c'est ainsi que l'on se place, en partie fine ! — devant une petite table et son couvert étincelant, avec le maître d'hôtel pompeux, debout, en face de nous, et armé de son crayon, il me parut que j'étais au théâtre et que j'assistais à une comédie de mœurs... de *mauvaises* mœurs... Par un dédoublement de mon être, j'étais à la fois actrice et spectatrice.

En arrivant, j'avais examiné curieusement autour de moi... C'était donc cela, un *cabinet particulier*, dont j'avais tant entendu parler ? Et c'était moi, *moi*, qui m'y trouvais, *avec un monsieur ?* Mes pensées se brouillaient... Je n'avais pas encore bu de champagne... et j'étais déjà grise !

La voix de Roger me rappela à la réalité. Il étudiait le menu. — Pour commencer... oui, c'est cela ! des huîtres. Lesquelles préférez-vous, ma chérie?

Je répondis vivement, comme de juste :

— Merci... Pas d'huîtres pour moi... Je n'en mange jamais ! Je ne les aime pas !

La surprise de Roger fut homérique ! Il cria, en scandant les syllabes !

— *Vous n'ai... mez pas les huî... tres?*

Le maître d'hôtel me considérait avec commisération. « Huître vous-même, avait-il l'air « de m'interpeller. D'où sort-elle, cette « femme-là? Si c'est pas une pitié ! »

— C'est pourtant la vérité, mon ami... Je ne les aime pas ! Je le regrette ! J'ai un goût déplorable ! mais c'est ainsi !

Ma voix prenait des inflexions consternées et contrites... Je m'excusais, comme d'une faute ou d'une infirmité, de ne pas aimer les huîtres.

— Ce n'est pas possible, mon enfant, reprit Roger, presque fâché ! Tout le monde aime les huîtres ! *Il faut* les aimer ! ne serait-ce que pour moi ! Me voyez-vous mangeant des huîtres... tout seul... pendant le reste de mes jours ? Ce n'est pas sérieux ?

J'étais aussi navrée, à ce moment-là, de ne pas aimer les huîtres, qu'on peut l'être des plus graves délits commis...

— Ce n'est pas de ma faute, Roger, fis-je, piteusement. Mais je vous assure qu'elles me répugnent !

Roger eut une inspiration subite et lumineuse !

— En avez-vous seulement goûté ? demanda-t-il, palpitant d'espoir.

Je fus obligée d'avouer que non.

— Eh bien ! vous allez en goûter... et pas plus tard que tout de suite ! Garçon, deux douzaines de Marennes, les plus belles et les plus grasses !

— Non, Roger, hasardai-je, suppliante.

— Si, madame ! Ah ça ! suis-je votre mari, oui ou non ?

— Pas encore, répliquai-je, avec un geste

que j'aurais voulu fier et révolté. Mais j'étais déjà vaincue, inutile de le dire !

— Comment peut-on ne pas chérir ces adorables mollusques ? répétait mon tyrannique fiancé, en préparant, de son petit trident, après l'avoir arrosé de citron, celui qu'il me destinait et qu'il était résolu à me faire avaler de sa propre main. Allons ! hop, la petite bête !

(Était-ce à moi ou à l'huître qu'il faisait allusion ? )

Je reculais involontairement...

— Allons ! plus vite que ça ! Une, deux, trois ! Qu'on ouvre sa petite bouche !

Je reculais encore, avec une grimace épouvantable, comme un bébé devant sa purge !

— Essayez... mais essayez donc, jeune entêtée ! insistait Roger. Je vous jure que si après en avoir tâté, cela vous déplaît toujours, je ne vous tourmenterai plus ! Mais essayez !

Quel homme ! Quel dompteur !

Une !... Deux !... Trois !...

Et j'écarquillai ma mâchoire... en fermant les yeux !

O stupéfaction ! O prodige inénarrable !... C'était bon... très bon !... C'était même délicieux !

— Là... vous voyez ? jubila Roger, devant la satisfaction intime que je trahissais sans la moindre fausse honte. Est-ce que je suis capable de vous tromper, voyons ?

— Redonnez-m'en une autre, interrompis-je, en faisant claquer ma langue sur mes papilles, que la fraîcheur salée du divin coquillage chatouillait volupteusement.

— Et si je vous les refusais, maintenant, questionna mon amoureux, persiffleur, pour vous punir... femme de peu de foi ?

Mais je ne l'écoutais plus ! Je me jetai sur les huîtres et les attaquai *moi-même,* avec ma fourchette *à moi !* Roger n'allait pas assez vite !

Ce fut, comme on voit, le coup de foudre !

J'AIMAIS LES HUITRES !... comme on doit aimer quand on se mêle d'aimer, c'est-à-dire *follement !*

J'étais classée noceuse, j'étais sacrée fêtarde, j'avais un pied dans le crime, rien ne m'arrêterait plus ! Et je me mis à chanter, sans souci des voisins :

> « *A moi la jeunesse,*
> « *A moi les plaisi.. i...irs !* »

Roger se tordait !

— La voilà bien, la grande vie ! s'exclama-t-il. Ohé ! ohé ! A nous les vins généreux ! Que le champagne coule à flots !

Il emplit ma coupe, que je vidai d'un trait, et je repris, tout à fait emballée :

— Et dire, dire que je suis restée si longtemps à méconnaître un des plus prodigieux bienfaits de la Providence ! Ah ! mes parents furent bien coupables ! Je ne leur pardonnerai jamais !

— Moi oui ! murmura Roger, sa voix prenante toute mouillée de tendresse passionnée. Et il entoura ma taille de son bras en me pressant contre lui...

— C'est peut-être furieusement égoïste, ce que je vais vous dire là, ma mignonne aimée… Mais je suis content, très content, à présent que vos tristesses sont finies et oubliées, que vous n'ayiez pas connu les joies que vous méritiez pourtant si bien !…. J'en suis ravi, parce que cela va me permettre de devenir le dispensateur de vos bonheurs… A moi, désormais, à moi seul de vous les procurer ! Et je ne faillirai pas à cette tâche si douce !

Roger a tenu parole !

CHATEAUDUN

IMPRIMERIE DE LA SOCIÉTÉ TYPOGRAPHIQUE